For Eduard, Jacob, Diana

Pentru Eduard, Jacob, Diana şi George

Boris the Bear
Ursul Boris

Written by: Eugenia Pinzar

Illustrated by: Khaoula el mamoun

Copyright © 2022 by Eugenia Pinzar

All rights reserved. No part of this book may be reproduced, distributed, or transmitted in any form or by any means, including photocopying, recording, or other electronic or mechanical methods, without the prior written consent of the copyright owner, except in the case of brief quotation embodied in critical articles, reviews, and certain other noncommercial uses permitted by copyright law.

Boris the Bear is the forest's scare, he's the nastiest creature around.

He shouts and roars and throws stuff when he is angry so the animals in the forest stay as far away from him as possible.

Ursul Boris este sperietoarea pădurii. Este cea mai nesuferită creatură din împrejurimi.

Urlă şi mârâie şi aruncă cu lucruri când este nervos aşa că animalele din pădure stau cât mai departe de el.

But they can't always stay safe from him. They meet him on the path to the river or in the raspberry meadow or when it snows, under the elm tree.

Dar nu pot să stea în siguranţă departe de el tot timpul. Îl întâlnesc pe cărarea ce duce la râu sau în poiana cu zmeură sau, când ninge, sub stejarul bătrân.

When he is hungry, he shouts from his cave and Robin the Rabbit hops fast to bring him what everyone has managed to gather for him, otherwise he will shout even louder and start breaking their houses.

Când îi este foame, ursul urlă din peştera lui iar Iepurele Robin sare repede să-i aducă tot ce au reuşit să strângă animalele pentru el, altfel Ursul Boris începe să urle şi mai tare şi începe să le distrugă căsuţele.

Boris the bear is lazy and smelly. He doesn't like to wash or keep tidy. The animals in the forest know when he is coming because they can smell him from far away. He only takes a bath when it's raining. Sally the Squirrel must wash his back!

Ursul Boris este leneş şi urât mirositor. Nu ii place să se spele sau să fie curat. Animalele din pădure ştiu când se apropie pentru că pot să îi simtă mirosul de departe.

Face baie numai când plouă. Veveriţa Sally trebuie să îl spele pe spate!

Boris the Bear leaves a mess behind him. He doesn't like to clean and leaves the picnic place all messy. Charlene the Wasp must clean after him with her sisters.

Ursul Boris lasă dezastru după el. Nu îi place să cureţe şi lasă locul unde a făcut picnic murdar. Viespea Carla trebuie să facă curăţenie după el împreună cu surorile ei.

One day, the animals of the forest decided they had enough of Boris's attitude!

So they wrote him a letter:

Aşa că, într-o bună zi, animalele din pădure au decis că s-au săturat de atitudinea Ursului Boris!

S-au gândit cu toţii şi i-au scris o scrisoare:

"Dear Boris,

You are lazy and loud and most of the time angry and make us do things for you because you are nasty.

And we are quite tired of doing things for you or to you. But most of all we are tired of your ATTITUDE and the way you think you are better than us!

So, if you can't be nice, please find yourself other friends!

Signed: All your neighbours"

"Dragă Boris,

Eşti leneş şi gălăgios şi de cele mai multe ori nervos şi ne obligi să facem lucruri pentru tine pentru că eşti urâcios. Şi ne-am cam săturat să facem lucruri pentru tine sau poftele tale. Dar cel mai tare ne-am săturat de ATITUDINEA ta şi de cum crezi că eşti mai bun decât noi!

Aşa că, dacă nu poţi să fii drăguţ, te rugăm să-ţi cauţi alţi prieteni!

Semnat: vecinii tăi! "

Boris the Bear reads the letter and is sorry for causing all that trouble to his friends.

Ursul Boris işi dă seama cât de urâcios a fost şi îi pare rău că a facut o gramadă de probleme prietenilor lui.

He goes to the river, cleans himself, goes in the raspberry meadow and picks up a basketful of raspberries and goes and says sorry to his friends.

Merge la râu, se spală, merge în poiana cu zmeură şi culege un coş plin cu zmeură şi merge şi işi cere scuze de la prietenii lui.

They all have a nice picknick together and Boris the Bear thanks them for being his friends and he never treats them badly again!

Fac cu totii un picnic minunat, Ursul Boris le mulţumeşte că îi sunt prieteni, şi nu îi mai trateaza urât niciodată!

The End

SFÂRȘIT

Printed in Great Britain
by Amazon